굴뚝이 사라졌다

매헌현대시선 **014**

굴뚝이 사라졌다

이희영 제9시집

인쇄일 | 2024년 11월 25일
발행일 | 2024년 11월 28일

지은이 | 이희영
펴낸이 | 설미선
펴낸곳 | 뉴매헌출판
주　소 | 충남 예산군 예산읍 교남길 33
E-mail | new-maeheon@hanmail.net

값 12,000원

ISBN　979-11-988691-4-2(03810)

굴뚝이 사라졌다

이희영 제9시집

뉴 NEW
매헌
梅軒 出版

시인의 말

등산길 위에 상수리가 떨어져 길바닥에 굴러다녔다

눈에는 밟혔지만 상수리묵을 쑤어먹을 줄 모르니 발길에 밟혀 들어도 못 본 척 그대로 밟고 다녔다

늦가을에 불어온 비바람 때문에, 며칠 동안 발 묶였다가 등산을 하려니, 그렇게 많이 보이던 상수리가 한 개도 눈에 띄지 않는다

비바람 불어치는 동안 누가 주워간 것일까?

불현 궁금한 생각에 참나무 가랑잎을 들추어내자 빗물에 반질반질 씻겨진 야물찬 열매가 튀어나왔다

나무의 이파리들은 가을바람 소슬해 질 때 누렇게 변색한 가랑잎 되어 공중 한 바퀴 유회하며 땅에 떨어지고 나면 이파리의 목숨은 끝나는 줄 알고 있었다

그러나 나뭇잎들의 목숨은 끝날 지언정 역할은 이제부터 시작임을 알게 되었다

가랑잎은 자신보다 먼저 떨어진 상수리 위를 두껍게 덮어 줌으로써 청설모나 다람쥐 등 산 짐승들의 피해를 막아 주고, 사람의 눈을 피해 겨울을 무난히 날 수가 있는 것이었다. 이듬해 봄이 오면 열매에선 싹이 나서 성장할 때 가

랑잎은 썩어져 걸음이 된다는, 무서우리만치 빈틈없는 자연의 법칙이 있음을 새롭게 알았다

가을은 단풍이 붉게 물들고, 보름달은 하늘 가까이 내려앉아 더 둥글고 더 커 보이는 계절이라, 사람들은 닳고닳은 감성으로 단풍을 노래하고, 둥근 달을 노래하고, 계곡에 흐르는 맑아진 물소리를 노래하는 것으로, 자연을 그리는 시가 부쩍 늘어나는 계절인가 싶기도 하다. 그러나 나는 올가을부터는 눈에 뵈는 이들 자연만을 그릴 것이 아니라, 땅속에 묻히는 상수리 같은 눈에 뵈지 않는 자연을 그려보고 싶다는 마음이 생겼다

처녀 시집을 낸 지가 정확히 9년이 지났다. 그때를 돌이켜 보건대, 내 이름이 쓰여진 시집 한 권만 쥐고 죽으면 여한이 없겠다던, 전생前生의 소원을 이루었다는 기쁨이 넘쳐, 거의 일 년 동안 입 끝을 귀에 걸고 다녔었다

이제, 9년 동안 9권의 시집을 출간하게 되었으니, 평생 소원을 9번이나 이루고 살았다는, 산술적 셈법은 가능하다 하겠지만, 그 기쁨보다는 첫 무대에 나가는 배우처럼 여전히 떨리기만 한다. 부끄러운 마음 또한 전과 달라진 것이 없다.

2024년 11월 9일

쪽방에서, 五범 이희영

제1부
마루 위에 백열등

제2부
사람의 향기

제4부
소꿉장난

제5부
옹알이

마루 위에 백열등

마루 위에 백열등

어머니 사시다가 떠나신 안방 앞
마루 위에 백열등 하나 매달아 놓았지
혹시나 빈방으로 착각할 가봐
밤낮 불켜놓아 어둠을 쫓아내고 있지
처음 본 사람들은 대낮에도 불 켜있다고
불 꺼주겠다며 스위치 찾다가 그만 둔다네
우리 칠 남매 거기 안방에서 태어났고
어머니 떠나실 때까지 기거하셨던 방
한순간도 이방이 어두워지면 면구스러워
밤낮 꺼지지 않는 전등불 키워 놓으니
볼 때마다 군불 땐 아름목처럼
내 가슴까지 따뜻해지네

효자손

효자라는 것이 별거더냐?
꼭, 절실한 시간에
내가 긁을 수 없는 등을
긁어만 준다면
대막대가 아니라 몽둥이라도
기꺼이 효자손이라 부를 텐데,

어버이날 소회

어버이날 아침 출근길
큰아들은 오른쪽 가슴에
작은아들은 왼쪽 가슴에
자신들이 학교에서 색종이로 만든
카네이션을 손수 꽂아주며
"아빠 사랑해, 뽑지 말아"
행인들의 시선이 왠지 쑥스럽고
겸연쩍어 행인들을 만날 때는
슬그머니 꽃을 가리면서 출근했다
회사에 도착했을 때는
수많은 눈길을 피할 수가 없던 탓에
들켜 버렸다
"와! 나는 한 개도 못 달았는데……"
누군가의 탄성과 함께 박수 소리가 터져 나왔다
쑥스러움은 극에 달아 홍당무가 된 채
록카실로 얼른 숨어 버렸다
지금도 어버이날이 다가올 때쯤이면
거리에 붉은 꽃만 눈에 띄어도
설렘과 쑥스러움으로 가슴속까지 붉은 물이 든다

선물

이 세상 모든 것은
줄 수도 있고, 받을 수도 있는 것이면
선물이 된다

선물은 받은 사람에겐
꼭 필요한 것을 받았을 때
소중함이 커지고

선물은 준 사람에겐
주고 나서 아쉬움이 남지 않을 때
기쁨이 커진다

진정 대가 없는 마음으로 주고
진정 부담 없는 기쁨으로 받으면
훌륭한 선물이 된다

나는 부모님으로부터
이 세상 모두를 통째로 받았지만,

선물이 얼마나 크고, 소중한 것인지
구경조차 다 못하고 그냥
늙어가고 있네요

빈 유산

무언가 소중한 걸 주고
떠나고 싶은데
가진 것이 없다

쓰던 것이라도
남겨 놓고 싶은데
마땅한 것이 없다

줄 것도 남길 것도 없이
가난하게 살아왔으니

머물던 자리조차 금세
지워질 것이다

살면서 숱한 만남과 떠남을
겪어왔지만

어느 하나도
마지막 떠남의
연습은 흉내도 못 냈다

정화수 3

정화수 맑은 물
하얀 그릇에 담으면 하얀 물이 되고
검은 그릇에 담으면 검은 물이 된다

고요를 담으면 고요가 보이고
기도를 담으면 기도가 보이고
마음을 담으면 마음이 보인다

책상 위에 정화수
이십 년 넘게 담아 왔는데

보이는 건 언제나 똑같은 모양
기도는 어디 가고 내 얼굴만 담겨있다

고향의 달

나 어렸을 적

산에서 놀 때는
산토끼, 산꿩, 고라니가
모두 내 것이었고

들에서 놀 때는
사과, 복숭아, 참외가
모두 내 것이었고

물가에서 놀 때는
붕어, 송사리, 미꾸라지가
모두 내 것이었고

달이 뜬 밤에 놀 때는
달도 별도
모두 내 것이었는데

객지 나갔다 돌아와 보니
보름달 하나 빼놓고는
내 것인 게 하나도 없네

뭉게구름

저 넓고 높은 푸른 하늘이
주인이 없댄다

누구나 가질 수 있고
아무나 제멋대로 함께 놀 수 있댄다

여름 내내 바람에 휘둘리고
비에 젖어 하늘 밑에 눌려만 살던
게으른 구름들은 말끔히 사라지고

백의(白衣) 입은 구름들이 드넓은
가을 창공에 축제를 벌린다

때론, 거대한 백룡이 둥실 춤을 추기도 하고
때론, 백호를 탄 신선들이 사방에서 모여들기도 하고
때론, 빛깔도 찬란한 봉황의 날갯짓 훨훨 저어 오르고

환하게 쓸어 놓은 바깥마당 위에서는
덩달아 고추잠자리가 축제를 벌리는 양
강강술래처럼 뱅글뱅글 마당을 돌고 있다

아, 그렇지!
마당 위도 주인 없는 하늘이었지.

양식糧食캐기

밤이 깊도록 시와 씨름하다 보면
새벽녘엔 으레 시장기가 돈다

무엇을 먹어야 이 고픈 배도, 고픈 가슴도
채워질 수 있을까?

땅속 깊이 파서 노다지 나오면
평생 먹을 것 나오고

세월 속 깊이 파서 멋진 추억 나오면
늙은네 여생 먹고갈 양식 나온다 했는데,

돋보기 쓰고서

오랫동안 글씨만 보고 있다가
돋보기 쓴 것도 잊은 채
내 몸 둘러보았더니

새장가 갈 만큼 젊기만 하여,

이 몸 어데 쓸만한 곳 없수?

불면의 밤 2

졸다 깨고, 깨다 졸 때
그 사잇길로 꽁지 빠진 기적소리
휙 지나간다

날밤으로 지새는 새벽은 다가오는데
문밖에서 서성대던 잠마저
기적이 싣고 갔나

새벽 기차 타고 떠나는 손님 사연을
왜 내가 알아야 하는데?

이미 오늘도 날 샜다

불알친구

꺼먹고무신 속에
송사리 두어 마리 태우고
개울가에서 뱃놀이 함께 했던
동무는 어디로 갔나?

쑥 뜯어 으깨어 귀 막고
물속에서 오래 견디는 시합 하며
물오리처럼 잠수 자랑하던 동무

산속 깊이깊이, 깊은 잠 들었는데
소쩍새 저리 애잔한 밤이 되니
내 자리가 비었다고 웬만하면 오라 하네

창밖에 서 있는 아이

잡풀이 나지 못하도록 바깥마당에
온통 코스모스를 심어 놓았다

꽃도 보고 풀도 못 나는
임도 보고 뽕도 따자는 나의 속셈이
심어진 것이다

초가을 꽃피기 시작하면 단풍과 함께 익었다가
낙엽 따라 스러지는 가을 전령

그 많은 코스모스 중에 단 한 그루가
7월도 오기 전에 하얀 꽃모습 드러내 하늘거린다

세월이 가는지 오는지 잊고 사는 철부지 망령인가
지난해 꽃피다 말고 얼어 죽은 코스모스 넋인가
어머니의 환생인가, 아버지의 환생인가
코스모스 볼 적 적마다 쌓여가는 궁금증

연유가 무엇인지 끝내 풀리지 않지만
창밖에 홀로 서 있는 아이처럼,
아이처럼 애처롭다

때꼴 나무

나 어릴 적 누나들이 입 안에 넣고
꽈리로 불며 장난감이 되었던 때꼴 나무
전라도 순창까지 도망친 그놈을 어느 집
토담 밑에서 찾아내어 우리 집 화단에 다시 모셔다 놓았다.
열매 두어 개 심어 놓았더니 대 여섯 그루 나무로 자라 꽃
송이 맺힌 것을 보았는데 허연 꽃송이가 얼마나
풍신났던지, 벌도 나비도 얼씬도 안 했다
다른 꽃보다 이쁘지 못해 홀대받던 꽃들이 떨어진
자리엔 호롱불 모양의 불켜진 열매를 꽃보다 훨씬 이쁜
모양으로 마른 줄기마다 대롱대롱 매달아 놓았다
꿀 따러 왔다가 꽃이 미워 빈손으로 가버린 벌과 나비를
기다리다 지쳐, 밤에라도 올까 봐 오는 길 밝히려고
빨간 홍등 걸어 놓았단다
그러나 한 번 골나서 떠나버린 벌은, 나비는 끝내
오지 않는 것인지?
어떤 놈은 호롱불 감싼 헝겊까지 찢어져, 바람이
들고 나는 모습이 처량하다
저런 때 누나들이라도 친정 와서 입술 꽈리 불어주면

얼마나 좋을까

* 때꼴: 꽈리의 충청도 방언

순결

눈을 뜨고 보아도 하얀 백지
눈을 감고 보아도 하얀 백지

얼핏 보아도, 자세히 보아도
책상 위엔 하얀 백지뿐이다

아침에도 보았고, 저녁에도 보지만
한 글자도 나가지 못한 채

돋보기만 썼다, 벗었다 닦고 나서
또 닦아 낸다

늦은 밤
"눈앞에 백지를 놓고도, 순결을 그리지
 못 한다면 백지만 더럽혀질 것이니 차라리
 필요한 곳에 날 보내주시게. 나를⋯⋯."

A4 용지가 참았던 말을 할 때까지는
순결이란 글로써는 표현 못 하는 것임을
나는 모르고 있었다

촌놈 지하철 탑승기

모처럼 한적한 지하철 속
빈자리가 눈에 띄어 얼시구나! 앉았더니
승객들 시선이 모두 내게 쏠린다

생뚱맞은 베레모
베레모 밑으로 들쭉날쭉 뻗친 머리털
얼굴, 팔, 손, 노출 부위가 모조리 타버린 피부
한참 유행 지난 헐렁한 옷차림
황토흙에 얼룩진 구두

"저 늙은이는 분명 도시 사람은 아닐 거야"
도시 사람이 나를 보는 시선을 읽는다
"저 늙은이는 분명 촌사람은 아닐 거야"
촌사람이 나를 보는 시선을 읽는다

그러나
둘 다 틀렸다

나는 도시 놈도 아니고, 촌놈도 아니고
"임산부 지정석"에 앉은 간 큰 늙은이 였던 것이다.

달력을 바꾸며

이제는, 못꼬지에 매달린
죽은 시간들을 풀어줘야 합니다

단 한 번 일회용으로 쓰여진
삼백예순다섯 개의 시신들은
잠시 엮였던 자리 떠나고

갓 잡아 올린 생선처럼
서른 개씩 묶여진 팔팔 뛰는 목숨들이
대기할 시간입니다

잘 가시오!
오직 하루만을 위하여 장렬하게
산화한 그대들이 고맙소

이별의 아픔도 못다 한 회한도
그대들과 함께 보내 줄 것이외다

지난해도
그랬듯이

제2부

사람의 향기

사람의 향기

꽃이 저마다 향기가 있듯이
사람에게도 향기가 있습니다

꽃의 향은 가까이 다가가야
코로 맡을 수 있지만

사람의 향은 멀리 있어도
긴 시간이 지나도 그 향 쉽게
사라지지 않습니다

향이 좋은 꽃은 오래 유지하기 위해서
물도 주고 약도 치고, 가지자르기를 하듯이

사람의 향도 오랜 세월 동안
몸과 마음을 아프도록 닦아야 하는 것은
꽃과 다를 바 없습니다

향기 좋은 꽃은 멀리 있는
벌과 나비가 모여들듯이

향기 좋은 사람은 멀리 있는
사람까지 모여듭니다

이름 쓰기

대여섯 살 때 일가
학교에 들어가기 훨씬 전
누나한테서 내 이름
쓰는 법 배웠다

이름석자 배우면서 누나한테
꿀밤 몇 대 맞았다

지금 와서
시를 쓰기 시작하며, 왜
누나가 이름 쓰는 법부터
가르쳐 주었는지 알 듯도 한데

아직도 난, 내 이름석자를
제대로 쓰는 법을 모른다

누나의 꿀밤이 이토록
그리울 수가,

꽃보다 아름다운 꽃

꽃이 미운 것을 보았나요?

꽃은 자신의 모습을 알지도, 보지도 못하지만
늘 예쁜 모습 간직하고 산다

그래서
사람들은 예쁜 사람 볼 때
꽃같이 예쁜 사람이라 한다

사람들은 꽃처럼 예뻐지고 싶어서
수시로 거울에 자신을 비춰보고
세수도 하고 화장도 하고 성형까지 해가며
오만가지 방법으로 얼굴 가꿔가지만

꽃만큼 예쁜 사람은 보지를 못 했다

그러나
거울 속에 비춰 볼 때

마음의 향기 꽃처럼 은은하게
스며 나오는 사람 있어

꽃보다 훨씬 아름다운 꽃이 된다

침묵 1

어둡다

무겁다

오랜 침묵 끝에
날 버리고 그녀가 떠난 뒤부터는

무섭다

아버지, 어머니 먼 길 떠나실 때
내 가슴 깊은 곳에
묻어 놓고 간 묵직한 것

침묵 2

침묵은 말 없는 말임을
너는 알고 있는지?

사랑하는 마음도 침묵으로는
오래 지켜갈 수 없고

미워하는 마음도 침묵으로는
오래 지켜갈 수 없지만

침묵은 결국 오래 참는 것이다
그것이 고요를 이룰 때까지

고요 2

빛없어 보이지 않는 것 아니고
소리 없어 들리지 않는 것 아니고

빛 밝고, 소리 요란해도
눈 없고, 귀가 없는 것처럼

보이지도 않고, 들리지도 않는
무심의 경지를 고요라 한다

어릴 때는 몰라

국민학교 시절엔
공부만 잘하면 무엇이든
잘하는 사람으로 착각했었다

노래 잘하는 사람
운동 잘하는 사람
그림 잘 그리는 사람

이 사람들 중에
국민학교 때 공부 잘했던
사람은 나는 보지를 못했다

꽃 이야기

꽃은 기쁠 때는 기쁨을 키워주고
슬플 때는 슬픔을 보듬어 주어
약방에 감초처럼 부엌에 소금처럼 소중하다

꽃은 하늘과 땅 사이 어디든지 핀다
연꽃처럼 물속에서도 피고
반딧불처럼 공중에서도 피고
불꽃처럼 하늘에서도 핀다

꽃은 사람 몸속에서도 핀다
입에서 꽃이 피면 웃음꽃이 되고
눈에서 꽃이 피면 눈웃음이 되고
가슴에서 꽃이 피면 마음꽃이 된다

꽃은 허공에서도 핀다
바람 속에서 꽃이 피면 꽃바람이 되고
빗속에서 꽃이 피면 꽃비가 된다

꽃을 피우지 못하는 달과 별은
자신이 함박꽃으로, 안개꽃으로 산다

오늘 밤은 장미꽃 향기 살포시 내려앉은 침실에서
당신과 꽃 이야기 무르익는 꽃밤이 왔으면
얼마나 좋을까

무지개

축제가 있을 때
밤이 되면 불꽃놀이로 사람들이 쏘아 올리고
낮이 되면 물꽃놀이로 신들이 내리꽂는다

꼭 한번

구두는 발바닥을
보여주지 않는다

꽃길을 걸었어도
똥길을 걸었어도

구두는 발바닥을
보여주지 않는다

보여주지 않으니
구두 닦을 때도
발바닥은 닦지 않고
약칠도 안 한다

그러나
더는 신을 수 없어
버려야 할 때
꼭 한번은 보여주고
가버린다

변곡점

대상포진으로
가슴 찢어지는 아픔이 올 때

"제발 이 순간이 바닥이어라"

내 소망대로 바닥에 닿았지만
나는 언제 바닥을 쳤는지 알지 못했다

완치가 돼고서야
바닥 찍고 올라왔음을 알았지

아픔은 가장 낮은 밑바닥이
가장 확실한 변곡점인 걸

부담 된다

구두끈이 끊어지면
끈만 갈아끼고
구두 등때기 갈라지면
꿰매어 신고
뒤축이 닳아지면
뒤축만 갈아신고
밑창에 물이 새면
밑창만 갈아 신고
백수 때도 너끈히 구두 신고
행세했건만
요즘은
늙은이도 운동화 신어야
늙은 티가 덜 난다나
수선도 못 하고 신는
운동화 값이 얼만데?
부담 된다

한 잔 합시다

정겹고 반가운 말이지만
술꾼에겐 상습적 거짓말이다

언제나 술자리는 그렇게 시작되어
곤드레만드레 만든다

그래도 술꾼들은 세상 돌아가는
진리만큼은 확실히 실천 한다

천리길도 한 걸음부터

육장 육부

- 핸드폰

안되는 것이 무엇이고
못하는 것이 무엇이랴?

하느님 빼고는
최고의 전지전능자

호주머니에 넣고, 끈 달아 목에 걸고
백 속에 넣고, 벨트에 차고, 끼고 다니다가
잠잘 때는 손에 안고 모시더니

이제는
병이 나면 함께 병이 나고
죽게 되면 함께 죽어 줄 장기臟器로
6장 6부가 되었다

詩語찾기

밤이 죽은 밤

하늘에 별이 떠 있는지
달이 떠 있는지 아무도
본 사람이 없다

구름을 열면 볼 수 있을 텐데
열려고도 않고, 열지도 못 한다

밤 속에 밤인 듯
어둠이 소리를 삼켰다

수많은 하루살이들, 가로등을 에워싸며
격렬하게 춤을 추다가 목숨을
전구에 문대 버린다

이 캄캄한 밤에
허공을 떠도는 詩語들은 어디쯤
떠돌다가 목숨을 던졌을까

불꽃 없이 연기만으로 타버리는 향불처럼
불빛 없이 저절로 밤이 타들어 간다

개 복숭아씨

등산길 길섶에 복숭아 한 그루
어쩌다 소나무 숲 사이에 홀로 갇혀있나

핑크빛 꽃들이 흐드러지게 피었어도
나비가 오는지, 벌이 오는지, 아무도 본 사람도
아는 사람도 없더라

듬성듬성 숨겨져 있던 복숭아 열매
들러가는 솔바람에 꼭지 떨어져 길바닥에 내 굴려도
줍지도 않고, 밟지도 않더라

누런 솔 이파리 차곡히 쌓인 늦가을
과육은 전부 씻겨나간 황갈색 복숭아씨
썩은 솔가리 밑으로 묻혀지고 있네

어떻게 알고 있었지?
사람이 죽으면 육탈 먼저 되고, 체골만 남는데
황갈색 체골은 명당 혈증穴證으로, 그 자리가
천하 길지라는 풍수 원리를,

개 복숭아씨가 황갈색 뼈만 남아 솟구치는 청룡의
품안에서 잠들어 가네
다음에는
개 복숭아 아닌 참 복숭아 불쑥 솟아나려나

모두가 연기煙氣였다

담배를 태울 땐 독한 담배 냄새
생솔[生松]을 태울 땐 향긋한 솔잎 냄새
들깻대를 태울 땐 고소한 깨소금 냄새

연기는 무엇이든 그것이 타기 전
원래의 냄새를 끝까지 담아내고 있다

방학이 되어, 고향이 보이는 산마루에 다달으니
자욱한 저녁연기가 마을을 덮고 있다

불쑥 고향 타는 냄새가 콧등이 찡하다

어머니 냄새

제3부

굴뚝이 사라졌다

굴뚝이 사라졌다

우리 동네는 집집마다
굴뚝 없는 집은 없었다

식전에도, 저녁때도
모락모락 연기 피워 올릴 땐

그림 같던 부동의 집들이
꿈틀대기 시작했다

하늘 향해 부양하는 몸짓으로
살아있음을 과시했었다

어느 해, 눈 쌓인 겨울 나뭇간이 텅 비어
생솔가지 꺾어다 불 지피자 시퍼런 연기가
굴뚝, 돌돌 말아 하늘로 올려 버렸다

집집마다 굴뚝이 사라지니
굴뚝으로 다니던 싼타도 사라지고
싼타가 사라지자 아이들까지 사라졌다

시골은 먼 옛날처럼 부동의 그림으로
되돌아갔다

설심부雪心賦

하얀 꿈의 편린들이
밤샘으로
어둠을 살라 먹은 장엄한
역사 있었다

알몸으로 뒹굴어도 좋을
하이얀 순백의 벌판을
펼쳐놓자
새 아침이 슬그머니
누워 버린다

돌의 소원

서 있기가 무료하면
발길에 차여서라도
굴러라
굴러라

나를 찬 놈이 발가락이
부러진들
그게 무슨 상관이냐
굴러라, 굴러라

나를 찬 놈이 배꼽이
빠져난들
그게 무슨 상관이냐
굴러라, 굴러라

어차피
나는 구르고 싶었는 걸
데굴, 데굴

그래도 아무 말 못 했다

스리퍼를 신고 급히 이웃집을 가다가
돌에 차여 넘어지면서 발가락을 다쳐
피가 나온다
휴지를 꺼내어 피흘림을 막으려니
다친 발가락에서 무언가 소리가 들렸다
"주인님은 왜 우리들만 차별하는 거요?
 손가락 열 개는 손가락마다 이름이 있는데
 나와 내 옆에 두 개 발가락은 무엇 땜에 이름조차
 지어주지 않았나요?"
"……" 갑작스런 불평에 할 말을 잊었다
"그러니까 하찮은 돌멩이한테도
 차이는게 아녜요?"
"……"

수석

태초 신께서 천지를 창조하실 때
세상 만물 중 가장 소중한
것들을 달랑,
한 개만 창조했을 리 없지

영구 보존을 목적으로
복제물을 한 개씩 더 돌로 만들어
땅속에도, 물속에도
깊숙이 숨겨 두었던 것이다.

참말로 아름답다!

신은 수준 높은 심미안 였나보다.
실물보다 훨씬 아름답다
훨씬

꽃무릇 1

이루어질 수 없는 사랑이 멍울 맺히면
머리에 빨간 리본 달고 하늘 향해 기도
올린다는 것을 어떻게 알았지

땅에 밟히는 이파리만 가지고는 하늘이 작아
훤칠한 대궁 곧추세워 하늘 키우고
대궁 끝에 빨간 리본 하나 기도 드린다

꽃무릇 2

가을은 왜 그리운 계절이라 하는가

그리움이 가지 끝에서
빨간 홍시로 익어가듯

가을 단풍이 온산을 빨갛게
물들이는 까닭이 아니려나

잡풀 우거지는 할머니 산소가 보기 싫어
잔디 대신 꽃무릇 심어 놨더니

단풍보다 먼저 산소 앞에 불 켜드리고
가는 길은 군데군데 빨간 물감 엎질러 놓았네

할머니!
누가 그렇게나 보고싶어?

코스모스 누워서 피다

간밤에 비바람 맞고
쓰러진 것이 아니다

새파란 가을 하늘만 바라보다가
가슴이 너무 시리어 쉬면서 보려고

고개만 쳐들고 몸은 눕혔다네

키 큰 코스모스 오르내리기가
힘겹기만 하던, 벌도 나비도

빗물도 마르지 않은 누운 꽃 위에
식전부터 불난 집만치나 분주하다

달

서울의 달
부산의 달
고향의 달
산 위로 떠 오르는 달
호수 속에 빠진 달

가는 곳마다 모습 다른 달이
떠 있다

달이 여러 개인 까닭은
달을 찾는 사람보다
먼저 가 있어야 하기 때문이다

박꽃

지붕 위 보름달
하얀 박꽃 위에 살포시 앉아

고운 달빛 다 닳려가며
밤새 사랑 얘기 소곤대더니

무엇이 박꽃을 삐지게 했나
뾰로퉁한 입술로 해님을 맞네

감자의 멍

얼핏 보기에는
종자가 다른 감자인 듯
한쪽만 퍼렇게 변색 되어있다

감자가 성장할 때 흙으로 다
덮어주지 못하면 햇볕에
타버려 생긴 상처이니

저것도 멍은 멍이렸다

나무에 박혀 들은 옹이와의 싸움처럼
뜨거운 햇볕에 저항하느라
얼마나 처절한 전쟁 였을까?

멍도 멍이지만
감자 맛이 애려 터진다.

같은 풀 다른 이름

들판이나
산속에 자라나는
잡초는
노루, 사슴, 소, 말 돼지의
양식으로 풀이라 하지만

논, 밭, 마당, 길가에 자라나는
잡초는
사람이 먹을 수 있어도
잡초일 뿐이다

달팽이가 보내온 편지

집 없는 사람들아
집이 없음을 한탄 마라

하늘의 가호가 있어
원룸 하나씩 점지받아

평생 홀로 집만 지키고
살아가는 우리가 부러운가?

하늘의 해와 달이 보고 싶어도
등짝에 씌워진 집 때문에
꿈에도 본 적이 없고

남들처럼 달려보고 싶어도
다리가 없으니 걸을 수도 없고

하늘은 가리고, 땅은 핥아가며
살 구기고 살아야 하는 집 가진자의
고통을 알기나 하는가?

하늘이 내려준 가호가 아니라
하늘이 내린 천형임을 깨달았을 땐

집은 이미 껍데기만 남았고
알맹이는 흔적조차 사라졌더라

뻐꾸기 소리

어릴 적, 뻐꾸기의 청아한 목소리에 반해
주인공의 생김새가 궁금해서 뒷산에 올라갔지만
뻐꾸기는 어느새 앞산에서 날 야유하는 소리가 들렸다

반평생이 객지 생활로, 고향 생각 날 땐
형체도 없는 뻐꾸기 소리가 먼저 들렸고
어디선가 그 소리 들리면 향수가 스멀거렸다

뻐꾸기는 남의 둥지에 탁란하여, 새끼를 양육시키는
사악한 새라는 것을 티브이가 공개하자, 요즘 뻐꾸기는

"빨 때, 빨 때, 빨빨 때" 소리 낸다

뻐꾸기 소리는 노래가 아니다
뻐꾸기 소리는 고향의 소리는 더욱 아니다
뻐꾸기 소리는 소리가 아니라 그들만의 암호로 변절 됐다

아마도 뻐꾸기는 새들 중에서 국회의원 정도
하고, 있는 것 같다

* 뻐꾸기의 탁란 : 뻐꾸기는 다른 새(개개비, 딱새 등) 둥지에 알을 낳고, 그 숙주宿主는 자신의 새끼를 죽이기까지 하는 뻐꾸기 새끼를 지극정성 양육한다

산에 사는 나무들

산에 사는 나무들은 제멋대로 터를 잡고
제멋대로 태어나서 제멋대로 살다 간다네

산에 사는 나무들은 옆에 사는 나무들이 무슨 나문지
알려고도 아니하고 알바도 없다네

산에 사는 나무들은 가지 위에 둥지 틀고
함께 사는 새들이 누군지도 모르고 정 나누며 산다네

산에 사는 나무들은 칡넝쿨이 엉켰어도, 담쟁이가
감았어도, 저 죽는지 모르고 선뜻 몸 내주고 어우렁
더우렁 얼러가며 산다네

산에 사는 나무들은 모두가 제멋대로 질서없이 살지만
질서 없는 질서가 질서라네

산에 사는 나무들의 멋대로가 좋아서
사람들은 자꾸만 산속으로 들어간다네

제4부

소꿉장난

소꿉장난

6.25 전쟁은 다섯 살짜리 나에게
뚜렷한 기억 두 개를 각인해 놓았다

하나는 B29 비행기 소리의 공포요
또 하나는 나보다 두 살 연상인 서울 살다 피난 온
사촌 누나와의 소꿉장난이다

누나는 소꿉장난을 알려 주면서
나는 신랑이 되라 했고, 자기는 각시가 되겠다 했다

누나가 얼마나 각시 역할을 잘 했던지,
자기에게 "여보"라고 부르라 했는데, "여보"소리가
안나와 한참 별러서 "여보"해 놓고는 손 마주 잡고
한바탕 깔깔 댔다

우리는 아침을 먹고 나면 소꿉살림이 차려진 뒤 곁
고목나무 뿌리 밑으로 가서 소꿉밥상 아침을 거듭
먹는 것으로 시작하곤 했다

소꿉장난이 끝나면 우리가 낳은 아이들에게 문 잠그고
집 잘 보라는 지시도 빠뜨리지 않았다

지금은 뒤꼍에 가면, 나무는 늙어 삭아 없어지고
흙은 무너져 흔적마저 희미하지만
눈이 예뻤던 나의 각시
사촌 누나가 "여보" 하고 날 부르는 소리
들리는 것 같다

* B29 비행기 : 미군 비행기이지만 대천에 있는 다리를 폭파하기 위하여,
  공중에서 폭탄을 투하하였는데, 그 순간을 필자는 직접 목격 했었다.

정말

그대 모습
너무 보고 싶어서
아껴 볼 생각에

그대 목소리
너무 듣고 싶어서
아껴 들을 생각에

만남도 전화까지도
아껴 두었습니다

사랑은 아낌인 줄 알았지
이별이 있는 줄은
정말 몰랐습니다

종이컵 사랑

"입술이 델만큼
　뜨겁고 짜릿한 키스라 해도
　단 한 차례 입맞춤으로
　내 생을 모두 바치는 것은
　사랑한 댓가 치곤
　너무 잔인해"

종이컵 외침이 들리는 것 같아

나는 키스 자국
지우지도 않은 채
사오일 뚜껑 덮어 숨겨 두면서
컵 입술이 해어질 때까지
숱한 입맞춤으로
종이컵 뜨건 사랑 받아 주었다

첫사랑

그 사랑 떠났어도
가슴 깊은 곳에 대못으로 박혀
욱신욱신 가슴 찌르기도 하고
울컥울컥 설움 토하기도 했는데

쇠붙이도 녹여내는
세월 덕분이려나

그 자리엔 아련한 추억이
진주처럼 숨어들어
젊은 날은 생각만 해도
새큰새큰 온몸이 요동친다

그대 늘 거기 서 있었기에

그대 늘 거기 서 있었기에
나도 늘 여기 서 있었지

함께 있지 않아도 함께 있는 것처럼
눈에 보이지 않아도 눈앞에 있는 것처럼

사랑은 언제나 시간도 공간도 뛰어넘는 것이기에
내 사랑 거기 서 있는 것만 해도 늘 행복했었지

소나기 퍼붓고 벼락 찢어 대던 어느 여름밤
서 있는 그대가 염려되어 번갯불 등불 삼아 내달려 갔지

그대 서 있던 자리 찾을 길 없어 불 켜 들고 밤새 헤집어
봐도, 낯설잖던 그 자리가 흔적마저 없어졌네

사랑의 유효 거리

아무리 화가 나도 앞뜰 부메랑
가는 곳까지만 가시게

등짐 싸 들고 떠난다 해도 산 능선
산울림 가는 곳까지만 가시게

부메랑도 산울림도 당신 길가에 세워 두고
혼자 되돌아오진 않을 것이니

초승달

초저녁
길을 걸으며 하늘 보다가
우연히 마주친 초승달

발길 멈추고
한참을 바라본다

밤하늘에 늘 떠 있는 별도
일부러 보기 전엔 보기 힘든데
서산 위에 기운 달이 애처로워

작심하고 이튿날은
마당가에 서서 초승달 기다리지만
그 모습 끝내 보이지 않네

이미 다녀간 것일까
구름 다가 가려버린 탓일까

눈썹만 그녀 닮았는가 했더니
잠시잠깐 만났다 가는 것도

꼭, 그녀 닮았네

한 달을 더 기다려야
볼 수 있으려나

사랑은 역시 기다림인 가봐

장마철

비도 맞지 않았는데
비닐 장판이 끈적끈적 댄다

비도 맞지 않았는데
부엌 문짝이 삐걱삐걱
어깃장 놓는다

비도 맞지 않았는데
방금 갈아 놓은 낫이
뻘겋게 녹이 슬었다

비도 맞지 않았는데
웃자란 그리움이 내 가슴에
모로 누워 버린다

어느 독신녀의 고백

하루를 기다리다 보니
한 달이 기다려져

한 달을 기다리다 보니
일 년이 기다려져

일 년을 기다리다 보니
평생이 기다려져

백마 탄 왕자는 끝내 오지 않고
왕자 찾아 나서지 못한
회한과 주름만 가득하다네

만남 뒤에 오는 것

만남 뒤에 오는 것을
이별이라 하지 않나

사랑 뒤에 오는 슬픔도
이별이라 하겠지

어차피
사랑도 이별도 함께
오가는 것이라면

내 사랑
사랑 말고, 이별 먼저
올 순 없나요

지하철

목적지가 저마다 다른 사람끼리
이 순간만큼은 같은 공간에서

서 있는 사람은 선 대로
앉아 있는 사람은 앉은 대로
목적지를 향해 가고 있다

정중동靜中動
우리 집 큰 형님 같은,

현역가왕

- 1:1 대결 편

전생부터 오직 이 순간만을 위해서 살아온 것 같은
빼곡이 축적해온 에너지에 서서히 불이 붙기 시작이다

잘 익은 악기 소리는 가수가 끄는 대로, 전혀 색과
결이 다른 소리가 되어 시청자의 가슴에
불쏘시개로 밀어 넣는다

불길이 타오르자, 가수도 무대도 관객도 사라진 채
노래소리 마저 들리지 않고, 불이 타는 활 활 활
무서운 소리만 들린다

아!
어쩌나 저 무서운 불길!!
어떤 소화기로도 끌 수 없고, 소방차가 와도
끌 수 없는 대형 화재로 활 활 타고 있으니……

아직도 잔불은 남아있고, 열기 식지 않은 무대 위에
대결자 두 명을 나란히 세워 놓았다

마스터의 날카로운 칼날이 가차 없이 한 가수의 가슴을
찌르자, 찔린자도 대결자도 어김없이 두 줄기
뜨거운 눈물이 서로를 붙들게 한다

두 사람 중 한 사람은 승자, 한 사람은 패자로 갈라놓아야
하는 어처구니없는 짓거리

활활 타는 불길의 온도차를 구분할 수 있는 사람이
이 세상천지 누구란 말인가?

껴안은 두 사람을 떼어 놓자
티비를 보고 있던 아내의 흐느낌 소리가 들렸다

나비의 능력

요놈!
나비 좀 봐라

나비는 은밀하고 꿀맛 나는
키스 한 방으로 수정까지 끝내준다

제5부

옹알이

옹알이

갓난아이에겐 태생적 언어가 우는 일이고
울음 다음으로 배우는 것이 옹알이다

옹알이는 언어가 아니라 소리에 불과하지만
엄마와는 언어보다 잘 통하는 함축 된 은어다

詩 짓는 일 또한 옹알이부터 배운다

입맞춤

가족의 입맛에
가장 맛있는 요리를
하시는 분은 어머니이시다

그러나
이름난 음식점에서
여러 사람에게
맛있는 요리 하는 사람은
전문 요리사다

어머니는 자신의 입맛에
맞는 요리를 하시지만
요리사는 남들 입맛에
맞는 요리를 하기 때문이다

詩 요리도 입맞춤과 같더라

나도 가끔은 아이가 되고 싶다

문학 친구 몇 사람이 소문난
음식점에 찾아갔다

이름 모를 생선들이 튀김으로
나왔지만 먹기가 번거로운 탓인지
남성 친구들은 눈독만 들이고 있을 때
여성 친구가 덥석 덤벼 생선 가시를 먹기 좋게
발라 놓으며 먹기를 권한다

나는 금세 아이가 된 듯
발라놓는 대로 게걸스레 먹어 치웠다

그녀도 엄마가 된 듯
가시 발라주는 것이 즐거워 보였다

잔소리

귤 까먹은 껍질을 쓰레기통을 향하여
냅다 던졌다

그런데
빗나가서 통만 맞고 방 바닥에 떨어졌다

"당신은 언제 가야 철이 날 거요? 팔십이
내일모렌데 아직도 철이 안 났으니……"

아침에는 양말을 뒤집어 벗어 놨다고
잔소리 먹었는데 오후에는 귤 껍데기 때문에
아내의 잔소리가 이어진다

잡초

동물은 입이 있어 입으로, 먹고 살고
입이 없는 식물은 뿌리가 빨대 되어
빨아먹고 산다

뿌리가 땅속 깊이 박혀있고
뿌리가 많을수록 땅 위에 드러난
몸집은 그만큼 장대하다

그런데
드러난 몸집은 왜소해도
숱한 빨대를 갖고 땅속에
파고들은 못 쓸 놈이 있다

잡초

잡초는 땅속에도, 곡식 뿌리에도
많은 빨대를 쳐박고 먹이를
빨아댄다

신고식

한 길 씩 마냥 자란 엄나무 묘목밭 잡초들
저것들을 어떻게 뽑아내야 할지 한숨이 앞선다

내 손안에 가득 쥐여 진 잡초들
그대로 잡아당기니 꼼짝도 안 한다

두 손으로 움켜쥐고, 등뼈에 힘을 몰아
몸 뒤쪽으로 잡아당기자, 잡초들이 일제히
뽑히는 순간, 내 몸도 벌러덩 뒤로 나뒹굴었다

환삼덩굴, 명화주, 강아지풀, 엄나무 어린뿌리까지
싸잡아서
한목에 뽑아버린
모개흥정 신고식이 치루어졌다.

때늦게 잡초 뽑겠다고 달려든 얼치기 농사꾼,
게으른자의 신고식은 등짝에 가시 박히는
체벌부터 시작이다

잡초에게

잡초야!
더벅머리 무성한 잡초야
머리 잡고, 잡아당기면
모가지가 부러지고

허리 잡고, 잡아당기면
장승처럼 꼼짝을 안 하네

호미 끝으로 발가락을 걸어
잡아당기면
엄나무 어린 삭신 똘똘 감아
끌고 나오네

잡초야!
쇠심줄 같은 잡초야
죽어도 혼자는 못 죽겠다는 심보냐
네가 무슨 논개의 후손인 줄 알아?

잡초와 싸움 한판

"아무래도 하느님 실수야! 이 널은 밭에 쓰잘데기 없는 잡초만 한 길 키워 놓았으니……"내가 혼자 투덜댔다

"하느님은 한 치의 오차도 허용 않는 전지전능한 분이셔, 당신의 게으름을 탓할 것이지, 감이 하느님을……" 잡초 사이에서 내 말에 대꾸가 나와서 깜짝 놀랐다

"태초 하느님은 인간에게 유익한 자연만 창조하신 분이야. 헌데, 잡초 네 놈이 인간에게 무슨 도움이 되냔 말야?" 나는 놀란 목소리지만 목소리를 키웠다

"원래 너른 들판과 버려진 공한지는 모두가 우리 잡초들의 땅인데, 인간들이 우리 땅을 무단 겁탈해 놓고, 이제와서 양심도 없어, 무법천지 적반하장야" 중년 잡초의 말인지 목소리가 제법 두툼하고 무게가 있다

"그 너른 땅을 모두 다, 쓰잘데기 없는 너희들에게 준 것이 하느님의 실수가 아니면 뭐냔 말야?" 나는 누가 대꾸하는지 찾아보려고 눈에 힘을 꽂으며 말했다

"들판과 공한지에 우리 잡초가 없다면 모든 초식동물들은 무얼 먹고 살고, 그걸 먹어야 사는 당신네 인간들은 무얼 먹고살 것인데?"

『……』

바둑 3

장기처럼 군왕이 있고
병졸이 있는 것이 아니다

이기는 바둑은
바둑알이 모두
군왕이 되는 것이고

지는 바둑은
바둑알이 모두
졸이 되는 것이다

선풍기 1

사반세기 전 내가 귀향할 때 날 따라온
선풍기가 지금까지 쪽방에서 함께 기거해온
나의 반려자다

혼자 사는 사람에게 말이 고플 땐 움직이는 것은
모두가 대화상대가 된다

"선풍기야, 네가 장수하는 비결이 무엇인지 말해봐라"
뜬금없이 내가 돌아가는 선풍기에게 물었다

"말이 장수지 오만삭신 아프지 않은 곳이 없다오. 경추가
어긋나서 마음대로 고개도 못 돌리고, 척추는 협착되어 앉
고 서는 것도 안 되고, 목소리는 가래가 끼어 그르럭 대고,
설상가상 불면증까지 와서 초저녁에 잠 못 들면 밤새 뜬 눈
으로 뱅글뱅글 네 방구석을 헤매고 있잖나"

"그럼에도 장수하는 비결이 무엇인지 말해보란 말일세"

"그건, 두말할 것 없이 당신의 사랑이지! 날 데리고 쪽방
에 함께 들어와 이토록 반신불수가 되었는데도, 날 버리지

않고 변치 않는 사랑으로 보듬어 준 덕분이지"

"그런가? 그런 연유가 없진 않겠지만, 그런 병이 있음에
도 앓아눕지 않고 버텨 줬으니, 내 죽는 날까지는 함께 갈
거야. 좋은 인연은 한번 맺어지면 절대로 내 쪽에서는 끊는
법은 없지"

"하하! 그렇다면 더 이상 바랄 게 없지만, 그걸 어떻게 보
장할 건가?"선풍기의 날갯짓 소리가 힘이 들어갔다

"걱정마! 자네의 성姓을 이李씨로 바꾸면 돼! 선풍기가 아
니라 李풍기로 말야! 평생을 함께한 부부도, 애인도 맘 변
하면 배반하지만, 핏줄이란 아무리 날선 절단기라 해도 끊
을 수 없는 굵은 무쇠 줄 아니 던가"

"좋아! 너무 좋아! 그 제안 받아들이지. 이제부터 내 이름
은 이풍기다!" 환호를 지르는 이풍기가 더욱 힘차게 돌아
가자 고개가 끄덕끄덕 상하로 흔들려, 절로 웃음이 나왔다

쪽방 안에서는 비슷한 나이의 두 늙은이가 나누는 동병
상련의 대화가 이어져 갔고, 여름은 문밖에서 방안을 기웃
거리고 있었다

선풍기 2

늦여름 긴 열대야 속에서
늙은 선풍기 한 대가 밤늦게까지
또 다른 늙은이를 토닥토닥 잠재우고 있네

건망증

늘 부르던 이름도
가끔, 또 잊어버리는 것이다

늘 쓰던 한글 철자법도
가끔, 또 잊어버리는 것이다

손끝에 달고 다니던 폰도
가끔, 또 잊어버리는 것이다

더러는
잊기 쉬운 것만
잊는 것이 아니라

잊기 어려운 것도
잊어버리는 것이다

혼자서 실소 머금는
허탈한 해학인 것이다

잊는 연습인 것이다.
버리는 연습인 것이다

언젠가는 가족도
사랑하는 사람도
세상 모두 버리는 날
잘 버리고 갈 연습인 것이다

백병전

늦더위는 매일같이 승전고를 울리는데
대체, 가을은 어디쯤 오고 있기에
코빼기도 안 비치는가

내년 여름에 한 번 더 쓸려고
추석 전날 골방 속에 넣어 두었던
선풍기 다시 꺼내어 전기를 꽂았다

입추, 처서, 백로, 추분
네 절기까지 차례로 함락시킨 개선장군에게
모가지마저 흔들거리는 늙은 선풍기 혼자서
밤새도록 끄르륵 끄르륵 맞서 싸우고 있다

눈과 귀의 소원

눈이 안 보이면
귀가 더 잘 들리고
귀가 안 들리면
눈이 더 잘 보인다, 하니

한쪽 귀 막고
한 닷새 지내고
한쪽 눈 감고
한 닷새 지내면

눈도 밝아지고
귀도 잘 들려

보고 싶은 것만 보고
듣고 싶은 것만 들으며
살아갈 수 있으려나

방귀

그녀의 방귀도 사랑했는데
끝내 건네준 적 없이 그냥 가버렸다
나도 그랬지만,

보시 布施

돌, 돌들아!
탑 쌓는 늙은이에게 오라

길바닥에서
발길로 차여 굴러다니는 돌

꽃밭에서 우드커니 서 있다가
소박맞고 쫓겨나온 돌

물속, 땅 속에 묻혀있어,
세상구경 한 번 못한 돌

못난 돌, 잘난 돌
생김새 가리잖고, 어디 있던 돌이든지
나는 기꺼이 뜨겁게 보듬어 환영하리라

기도 터 찾는 사람 중에
흠 없고, 한없는 사람 누가 있으랴

간이 맞는 날

평생학습 친구끼리
점심 식사하러 식당에 갔다

이슬비 부슬부슬한 날에는
칼국수와 빈대떡이 간이 맞는단다

막걸리 한 잔 채워놓고 대화가 간이 들 때
여성 친구의 얼굴이 벌겋게 익어지는 것은
술에 취한 탓일까, 간이 맞는 탓일까?

식당문을 나서자 빗줄기는 거세졌는데
우산 손에 쥔 채 옷이 흠뻑 젖도록 갈지之자
검을 현玄자로 간에 맞게 골목을 빠져 나왔다

싸우고 헤어진 연인이라도
비 오는 날로, 날 잡아 빈대떡집으로 불러 내보자

참기름의 변질

냄새가 고소하다 하여 참기름
냄새가 덜 고소하다 하여 들(뜰)기름

참기름보다 식용으로 널리 쓰이고
실속 있기는 들기름이 월등하지만

참기름은 진眞한 이름 꿰찬 덕분에
몸값까지 덩달아 높아 있다

이제 와서, 식용 아닌 바르는 용도가
추가되더니, 참기름의 허풍이
만인의 코를 쑤셔대고 있다

여의도 가면 참기름 바른 미꾸라지들
굳은 땅도 후벼파고 도망간 놈들을,
숨겨주는 큰 집이 있단다